—

Cristalo sur la dune de Kouchibouguac

Nicole Daigle

Cristalo sur la dune de Kouchibouguac

illustrations de Denise Paquette

Bouton d'or Acadie

Texte : Nicole Daigle
Illustrations : Denise Paquette

Maquette de la couverture : Claude Guy Gallant
Mise en pages : Marguerite Maillet

ISBN : 2-922203-20-4

Dépôt légal : 3e trimestre 1999
Bibliothèque nationale du Canada
Bibliothèque nationale du Québec

Imprimeur : Marc Veilleux Imprimeur inc.
Distributeur : Prologue

© Bouton d'or Acadie
   100B - 236, rue Saint-Georges
   Moncton (N.-B.), E1C 1W1

   Tél. : (506) 382-1367
   Téléc. : (506) 854-7577
   Courriel : boutonor@nb.sympatico.ca

Mot de l'auteure

L'histoire que je vais raconter se passe sur la dune de Kouchibouguac. Vous connaissez sûrement le parc national Kouchibouguac, un parc situé dans l'un des plus beaux coins du Nouveau-Brunswick. J'y ai fait mes premières découvertes, mes premières explorations. J'aime bien y parcourir les sentiers de vélo en été et les pistes de ski de fond en hiver. Quand il fait chaud, j'adore me baigner dans les vagues et me reposer au bord de l'eau. Au parc Kouchibouguac, j'ai fait des rencontres intéressantes dont celles d'un orignal, d'un busard Saint-Martin et de loups-marins. Un jour, je vous raconterai ces histoires, mais la première porte sur la rencontre d'un grain de sable.

Vous savez, les grains de sable sont comme des flocons de neige ; ils sont tous différents. Il y en a des beiges, des blancs, des brillants, des noirs, des rouges, des oranges et des roses. Il y en a de formes variées : des ronds, des carrés, des rectangulaires, des cylindriques et des triangulaires. Mon grain de sable est triangulaire et de couleur orange. Il est triste, car il n'a pas de maison. Il se nomme Cristalo.

Nicole Daigle alias AmiSoleil

1

Cristalo rencontre Luna

C'était une belle journée ensoleillée. Le vent s'était mis à souffler très fort et emportait les grains de sable, qui volaient de tous bords tous côtés. Comme d'habitude, entièrement à son affaire, sans se soucier du vent et des bourrasques, Luna la lunatie se promenait au bord de l'eau, à la recherche de nourriture. Elle ne

pouvait se douter qu'elle allait
faire une rencontre tout à fait hors
de l'ordinaire.

— Ah ! mais où sont-elles, les
coques ? disait Luna la lunatie.
Voilà un bon bout de temps que je
rampe. Je dois avoir déjà parcouru
une dizaine de mètres. Il faut dire

que ce vent ne m'aide pas beaucoup. Et tout ce sable, ça pique ! Ouch ! Tiens ! voici un beau trou de coque. Je vais pouvoir prendre un bon repas.

Luna se met à creuser, indifférente au vent qui fouette le sable.

— À moi ! À l'aide !

Luna s'arrête :

— Il me semble avoir entendu un cri. Un tout petit cri. Pourtant, je ne vois personne…

— À moi ! À l'aide ! répète la voix de plus belle.

Après bien des pirouettes, le vent se calme pour quelques instants.

— Ouf! fait la voix, aux pieds de la lunatie.

— Oh non ! Encore un grain de sable qui pique !

Luna déteste les grains de sable qui s'infiltrent dans sa coquille. Elle se dépêche à se recroqueviller, dans sa maison mobile, en y rentrant son long pied gélatineux et gluant. Cependant, par son opercule légèrement ouvert, elle observe le nouveau venu.

— Fiou ! Le vent s'est calmé ! Oh là là ! fait Cristalo tout étourdi. Je pensais qu'il allait m'emporter jusqu'à l'Île-du-Prince-Édouard. C'est une vie bien difficile que celle d'un petit grain de sable comme moi. Voilà que depuis ce matin le vent me transporte partout.

Cristalo aperçoit la lunatie à moitié ensevelie dans le sable :

— Oh ! mais je ne suis pas seul ici. Bonjour, coquille !

Pauvre Cristalo ! Il ne sait pas que les lunaties sont des mollusques à caractère peu commode et qu'elles ne veulent jamais se faire traiter de « coquille ».

D'un coup sec, Luna émerge du sable :

— Ah ! mais je ne suis pas qu'une simple coquille ! Je suis un animal vivant dans une coquille.

— Tu veux dire que tu passes tout ton temps dans cette coquille ? demande Cristalo.

— C'est juste. Je la transporte partout où je vais.

— Partout ?

— Partout.

— Partout partout ? insiste Cristalo le grain de sable.

— Partout partout, confirme Luna la lunatie.

— Ah bon ! ça doit être lourd à transporter, cette grosse coquille-là.

— Oui, en effet, mais au moins, je ne me fais pas emporter par le vent, comme toi.

Et voilà Cristalo qui tourbillonne alors que le vent se remet à souffler. Il réussit de justesse à se tenir près de Luna la lunatie.

— Tu as bien raison. Moi, je ne suis qu'un petit grain de sable. Je suis Cristalo le grain de sable. Toi, tu es quoi ?

— Oh ! mais je ne suis pas une chose, moi ! Il faut dire « qui ».

— Ah bon ! Alors, tu es « qui », toi ?

— Je suis Luna la lunatie.

— Luna la lunatie... Ça fait quoi une lunatie ? s'enquiert Cristalo.

— Eh bien, je me promène dans l'eau, en fouinant dans le sable, pour essayer de me trouver de la nourriture.

— Et tu manges quoi, toi ?

— Oh ! j'aime bien les bonnes coques. C'est ma nourriture préférée. Beaucoup de gens les trouvent délicieuses. Parfois, j'en vois en train de creuser avec une pelle ou un siphon, pour les dégager du sable. Moi, j'utilise mon gros pied. En fait, j'aperçois un trou de coque juste ici. Je vais creuser et déguster. À plus tard ! lance Luna la lunatie.

— Salut, Luna ! répond Cristalo, d'une petite voix.

Comme il envie la lunatie !

— Ah ! quelle chance elle a, Luna, de pouvoir se promener sans se faire happer par le vent, et d'avoir un chez-soi ! soupire Cristalo le grain de sable.

2

Les secrets de Saturne

Cristalo est bien triste. Il observe Luna la lunatie tracer son chemin dans les profondeurs de la boue.

— Ah! se répète le grain de sable, si j'avais une coquille comme elle, je pourrais, moi aussi, résister aux coups de vent. Et j'aurais un chez-moi.

Soudain, une voix moqueuse

résonne dans l'air autour de lui :

— *Je pourrais avoir un chez-moi, je pourrais avoir un chez-moi, kî-arr, kik, kik, kik, un chez-moi !*

— Oh ! mais quelqu'un se moque de moi. Hou ! hou ! qui est là ?

— *Hou ! hou ! qui est là, kî-arr, kik, kik, kik, qui est là ?*

— Hé ! ne te moque pas de moi.

— *Ne te moque pas de moi, kik, kik, kik, pas de moi !*

— Mais qui se moque donc de moi ? Hou ! hou ! qui est là ?

Cristalo regarde à gauche, à droite, droit devant et droit derrière. Personne. Exaspéré, il lève les yeux vers le ciel, quand soudain, un amas de plumes blanches au capuchon noir se jette sur lui :

— *Kî-arr*, je suis là, *kik*, *kik*, *kik*, je suis là !

— Oh ! c'est un oiseau ! dit Cristalo, les yeux ronds.

— *Kî-arr* ! Bonjour ! Bonjour ! Je suis Saturne, Saturne la sterne, *Kî-arr*, je suis là, *kik*, *kik*, *kik* !

— Bonjour, Saturne la sterne. Moi, je m'appelle Cristalo le grain de sable.

— *Kî-arr* ! Bonjour, Cristalo le grain de sable. Quand es-tu arrivé ici ?

— Ce matin. Dis-moi, Saturne la sterne, as-tu un chez-toi ?

— *Kî-arr* ! Bien sûr, bien sûr ! Je vis sur la dune de Kouchibouguac, ou plus précisément, sur l'Île-aux-Sternes, tout près du goulet de Terre-Noire.

— Et tu vis là toute seule ? demande Cristalo.

— Oh ! que non ! J'y vis avec ma famille et mes amis. *Kik*, *kik*, *kik* !

— Que tu as de la chance, Saturne, d'avoir un chez-toi ! Moi, je n'ai pas de maison. Je me fais ballotter par le vent à tout instant. Dès que je pense avoir gagné un ami, le vent m'en éloigne toujours un peu plus.

— *Kî-arr* ! Moi, j'ai beaucoup d'amis. Dans ma colonie, nous sommes environ quinze mille oiseaux. Bien sûr, je ne les connais pas tous.

— Oh ! les rencontres me plaisent aussi. Justement, hier, j'ai salué un grand héron à Pointe-Sapin, juste au nord du parc national Kouchibouguac. Quelques jours plus tôt, près d'Escuminac, un crabe des roches a bien voulu que je m'abrite sous sa carapace, question de me reposer un peu.

Puis, j'ai abouti sur cette dune. Il fait beau à Kouchibouguac. J'aimerais beaucoup y rester, mais le vent s'élève de nouveau... J'ai bien peur qu'il me pousse encore très loin d'ici.

— *Kî-arr* ! pauvre toi ! Moi, je danse dans le vent. J'adore le vent, sauf évidemment lorsqu'il déplace de gros morceaux de dune.

Cristalo gémit :

— Mmmm... toi, tu peux bien danser dans le vent, car il ne t'empêche pas de revenir chez toi quand tu le veux. Moi, je n'ai pas d'ailes et je n'ai pas de pattes. Je ne peux donc pas décider où je vais.

— Nous, les sternes pierregarin...

— Quoi ? Les sternes quoi ?

— Les sternes pierregarin. C'est mon nom. Je m'appelle ainsi.

Cristalo sait qu'on appelle les sternes des historlets. Mais pierregarin, quel drôle de nom ! Pour s'en souvenir, il répète tout bas :

— Saturne est une sterne pierregarin, Saturne est une sterne pierregarin.

L'étonnement de Cristalo est loin de déplaire à Saturne. Elle lisse ses plumes et reprend :

— Nous, les sternes pierregarin, nous sommes de grandes voyageuses. Chaque été, nous venons ici, dans le parc national Kouchibouguac, pour y pondre nos oeufs, élever nos petits et nous nourrir abondamment.

— Tu veux dire qu'il y a beaucoup de nourriture pour toi, ici ?

— C'est cela. Il y a quantité de petits poissons que nous savourons. Nous avons besoin de bien manger, car à l'automne, nous commençons notre longue route vers le sud où il fera plus chaud durant l'hiver. Puis, nous revenons le printemps suivant. *Kî-arr* !

— Tu veux dire que là où tu vas en hiver, il fait chaud ?

— Oh oui ! Tu sais, la vie d'oiseau, c'est bien intéressant. Nous, les sternes, nous sommes des oiseaux migrateurs. Nous voyageons d'un endroit à un autre chaque année.

— Tu as donc voyagé très loin, Saturne ?

— Oh oui ! J'en ai vu des dunes, des mers et des ciels bleus ! Mais mes cousines, les sternes arctiques, voyagent encore plus que moi.

— Tu as des cousines ? Est-ce qu'elles te ressemblent ?

— Beaucoup. Tu vois le bout de mon bec ? dit Saturne en se rap-

prochant du grain de sable.

Cristalo trouve ce bec pointu plutôt menaçant, mais il remarque simplement :

— Il est noir.

— C'est cela. Mes cousines, les sternes arctiques, ont le bec tout rouge. Elles sont les championnes du monde pour les longs voyages.

— Oh ! mais nous aussi, les grains de sable, nous voyageons. Juste depuis ce matin, j'ai parcouru de grandes distances.

Cristalo baisse les yeux et murmure :

— Mais j'aimerais bien pouvoir me trouver un endroit où je serais protégé du vent, un endroit où je m'installerais et qui deviendrait mon chez-moi.

La sterne n'écoute qu'à moitié. Elle rêve à son prochain voyage. Sa tête est trop pleine de projets pour qu'elle puisse s'occuper des problèmes d'un minuscule grain de sable. Elle lui souffle tout de même :

— La dune de sable a plus d'un secret. *Kî-arr* !

— Des secrets ? Quels genres de secrets ?

— Des secrets de dunes ! *Kik, kik, kik* ! C'est à toi de les découvrir. Moi, je dois partir maintenant.

— Tu vas manger de petits poissons ?

— Oui, je pars à la recherche de lançons et de capucettes. Je survole l'eau et quand je vois un poisson, je plonge tête première et je l'attrape avec mon bec.

— Eh bien, bonne pêche, Saturne ! Moi, je reste ici jusqu'au prochain coup de vent.

— *Kî-arr* ! Souviens-toi, Cristalo, écoute la dune, elle te livrera ses secrets ! Au revoir !

— Au revoir, Saturne la sterne. Mmmm… écoute la dune, écoute la dune, c'est facile à dire… Moi, je n'entends rien. Je vais essayer d'ouvrir mes oreilles plus grandes. Je les entendrai peut-être ces fameux secrets de dunes.

3

Le rusé Rigadou

Pauvre Cristalo ! il aimerait bien se trouver un endroit où il serait à l'abri du vent. L'histoire de Saturne l'intrigue. Il ne cesse de se poser des questions. Y aurait-il vraiment des secrets de dunes ? Kouchibouguac serait-il un endroit mystérieux ou enchanté ? Cristalo pourrait découvrir sur la dune des coquillages apportés par la marée haute, qui sait? Il y a aussi des puces de sable qui viennent à la surface, la nuit, pour se nourrir d'algues et de soleils de mer échoués. Et des renards qui s'aventurent, de temps à autre, à la recherche de musaraignes ou d'un nid d'oiseau généreux en oeufs ou en oisillons. En voilà justement un beau roux qui gambade vers Cristalo. Sans le remarquer évidemment.

— Rigadou de Rigadou ! que la vie de renard est belle ! clame le renard en se mirant dans l'eau. Elle ne pourrait être autrement, je suis tellement charmant ! Et rusé, en plus ! Ces atouts m'aident à me trouver à manger. J'aime venir me promener sur la dune. On y découvre toutes sortes de bonnes choses. Miam, miam, des musaraignes, des oeufs, des oisillons, des…

— Hé ! Je suis là, moi aussi !
Hou ! hou ! s'écrie Cristalo.

— Rigadou de Rigadou ! ma foi,
mais c'est un grain de sable qui me
parle !

— Oui, je suis un petit grain de
sable qui se fait ballotter par le
vent. Je m'appelle Cristalo,
Cristalo le grain de sable.

Quelle combinaison de person-
nages que Cristalo, le naïf, et ce
rusé de Rigadou ! Cela ne présage
rien de rassurant. Rigadou sait
qu'un grain de sable ne se mange
pas, mais il serait bien capable de

l'utiliser pour se procurer un bon repas.

— Alors, Cristalo le grain de sable, tu dois beaucoup voyager.

— C'est exact. Je vais là ou lo vent m'emporte. Je suis arrivé sur la dune de Kouchibouguac ce matin.

— Ah ! ce matin ? Est-ce que tu as vu des animaux que je pourrais... euh... des animaux qui pourraient être mes amis ? Oui. c'est ça, mes amis.

— Oui. Moi, je me suis fait deux nouvelles amies. J'ai rencontré

Luna la lunatie et Saturne la sterne. Elles sont très gentilles. Tu sais, Luna la lunatie, elle rampe dans l'eau à la recherche de trous de coques et...

— Mais oui, mais oui. Parlons plutôt de Saturne la sterne, dit Rigadou en écarquillant les yeux. A-t-elle dit qu'elle avait un nid et des oeufs ou de jeunes oiseaux ?

— Oh oui ! Elle pêche de petits poissons pour nourrir sa famille.

— Sa famille ! répète Rigadou en se léchant les babines.

Craignant d'avoir donné l'impression qu'il se régalerait d'oisillons, Rigadou lance machinalement :

— Dis donc, Cristalo, Saturne la sterne t'a-t-elle dit que les goélands à manteau noir sont dans les parages, à la recherche de nourriture, et qu'ils raffolent des jeunes sternes ?

— Oh non ! Elle ne m'a rien dit de cela.

— Eh bien, elle devrait faire attention, les goélands sont toujours aux aguets. Ils attrappent les jeunes oiseaux lorsque les adultes s'éloignent du nid. Et ils les mangent !

— Oh ! je pense que je devrais aller lui dire de se méfier des goélands. Je vais tenter de la rejoindre en me laissant emporter par ce coup de vent.

— C'est cela, mon Cristalo. Fais-le donc tout de suite. Au revoir !

Rigadou se frotte les pattes de plaisir :

— Ah ! ah ! dès que j'apercevrai Saturne la sterne en train de parler à Cristalo, je saurai que j'ai une chance de happer un de ses petits, miam, miam !

C'en est trop! Ce Rigadou a besoin qu'on lui enseigne une bonne leçon. Je dois entrer dans l'action!

— Rigadou! Rigadou! Regarde ici! Est-ce que tu me reconnais?

— Mais... mais... c'est AmiSoleil! Que fais-tu là, AmiSoleil?

— Voyons, Rigadou. Ne fais pas mine d'être surpris. Tu sais bien que le parc national Kouchibouguac est mon endroit préféré et que je m'y promène tous les jours. Je t'ai entendu parler avec Cristalo. Je soupçonne que tu manigances un mauvais coup.

— Écoute, AmiSoleil, tu nous connais. Tu sais bien que les renards se nourrissent de petits animaux comme des souris, des musaraignes et des oiseaux. Je dois en attraper pour ne pas mourir de faim. Sois raisonnable !

— Bien sûr que tu dois attraper des animaux pour survivre, mais tu ne dois pas abuser de la bonne volonté de Cristalo pour y arriver. N'est-ce pas, Rigadou ?

Le renard baisse les yeux. Il lèche sa patte pour y décoller les grains de sable, puis il soupire.

— Bon ! d'accord.

Maintenant que notre ami Rigadou se tient tranquille, nous pouvons continuer à observer ce qui se passe. Mais... qu'est-ce que cette bosse qui pousse dans le sable ?

— Oh ! hisse ! Oh ! hisse ! s'exclame Luna la lunatie. Quel bon repas ! Une coque juteuse et tendre !

Ma langue est un peu engourdie d'avoir fait tous ces efforts pour perforer la coquille, mais ça en valait la peine. Je me demande où est passé Cristalo. Il devrait être dans les environs.

Bien sûr que Cristalo est dans les environs, surtout en raison de ce vent qui le fait tourbillonner. Le voilà justement qui arrive malgré lui.

— Ouf! encore ce vent. Bonjour, Luna! Tu as bien mangé? demande Cristalo.

— Très bien, merci. Et toi,

Cristalo, est-ce que tu t'es trouvé un chez-toi ?

— Non, pas encore. Saturne la sterne m'a dit que je devais écouter la dune qui me dévoilerait des secrets. Mais là, je suis trop pressé pour écouter la dune. Je dois absolument trouver Saturne et lui dire que les goélands risquent de manger ses petits.

— Écoute, Cristalo. Il y a beaucoup d'animaux qui viennent sur la dune pour y trouver leur nourriture. C'est ce qui se passe dans la nature, tu sais. Mais crois-moi, les petits de Saturne sont bien gardés par l'ensemble des sternes adultes.

— C'est vrai ? Alors, comme ça, je peux écouter la dune.

— Sans inquiétude. Je vais me reposer maintenant. À plus tard, peut-être, et bonne chance !

Laissé seul, Cristalo ouvre grand les oreilles, mais il n'entend que l'herbe des dunes chanter dans le vent.

4

Cristalo et Ammophile

L'herbe des dunes est une plante bien spéciale qu'on appelle aussi ammophile. Je me souviens d'avoir marché sur ses longues feuilles aux bords très coupants, lorsque j'étais petite, et d'avoir eu mal aux pieds pendant des jours. Depuis, j'ai appris qu'il valait mieux marcher sur la passerelle en bois. J'ai découvert également que l'herbe des dunes est une plante importante. En fait, elle retient la dune en place à l'aide de ses longues racines qui s'enfoncent profondément dans le sable. Aujourd'hui, avec ce vent qui souffle de plus belle, le mouvement de l'herbe des dunes fait de la véritable musique.

— Cristalo ! Cristalo ! chante Ammophile.

— Hein ? qui m'appelle ? demande Cristalo.

— Cristalo ! Cristalo ! par ici !

— Mais à qui appartient donc cette jolie voix ?

— Par ici ! par ici ! répète Ammophile.

La douce voix de l'herbe des dunes ! Le vent s'est calmé, probablement pour mieux l'entendre Plus léger, il transporte Cristalo jusqu'aux pieds d'Ammophile.

— Bonjour, Cristalo.

— Hein ? comment connais-tu mon nom ? demande Cristalo.

— Je connais tout se qui se passe sur la dune, Cristalo. Je suis Ammophile la plante des dunes.

— Ammophile la plante des dunes ! Mais alors, si tu es la

plante des dunes, tu dois être
importante ?

— C'est exact. Je suis très
importante, car sans moi, la dune

ne serait pas là. Sans moi, le sable
ne serait pas ici.

— Mais comment fais-tu pour
garder la dune ici ?

— C'est bien simple, je la
retiens avec mes racines.

— Tes racines ?

— Oui, oui. Mes racines s'enfoncent profondément dans le sable
et se mélangent avec les racines de
mes amies ammophiles tout autour
de moi. Quand tu nous vois sur la
dune, nous semblons séparées,
mais dans le sol, nous nous tenons
toutes par les pieds !

— Vous vous tenez par les pieds dans le sable ! Ah ! C'est drôle, ça ! Mais qu'arriverait-il si tu ne tenais pas les orteils des autres ammophiles dans le sable ?

— Ce serait bien triste. Nous ne pourrions pas retenir le sable, et le vent l'emporterait loin d'ici. C'est ce qui arrive aussi quand nous nous faisons piétiner par les gens, nous ne pouvons plus faire notre travail.

— Tu veux dire que votre travail c'est de retenir les grains de sable avec vos racines ?

— C'est cela. Pour que la dune soit bien en place comme ici, il faut qu'il y ait beaucoup d'herbes des dunes et beaucoup de grains de sable. Ensemble, nous formons une maison géante pour tous les animaux qui viennent y vivre.

— C'est vrai ? Alors, les grains de sable qui sont ici donnent aux animaux une maison pour leurs bébés ?

— Oui. Tous les petits grains de sable sont importants pour qu'une dune puisse accueillir les animaux, les plantes et tous ces gens qui viennent visiter la belle dune de Kouchibouguac.

— Ils sont chanceux, les grains de sable qui vivent sur cette dune. Ils sont très utiles, ajoute Cristalo mi-rêveur, mi-envieux.

— Exact, mais tu sais, il y a

toujours de la place ici pour d'autres grains de sable qui sont apportés par le vent.

— C'est vrai ? Tu veux dire que je peux rester sur la dune avec toi ?

— Oui, mais à une condition : tu dois réciter l'hymne à la dune. Répète après moi : Je déclare…

— Je déclare, reprend Cristalo solennellement.

— … que, dorénavant, continue Ammophile.

— … que, dorénavant…

— … je serai un ami…

— … je serai un ami…

— … de la belle dune de Kouchibouguac.

— … de la belle dune de Kouchibouguac.

— Je la garderai propre, ajoute Ammophile.

— Je la garderai propre…

— … je la garderai belle…

— … je la garderai belle…

— … pour que les plantes, les animaux et les personnes…

— … pour que les plantes, les animaux et les personnes…

— … puissent venir y vivre…

— … puissent venir y vivre…

— … et s'y amuser en sécurité !
conclut Ammophile.

— … et s'y amuser en sécurité !

— Maintenant, Cristalo, tu fais
partie de la grande famille des
amis de la dune de Kouchibouguac,
confirme Ammophile.

— Et j'ai maintenant un endroit où je peux vivre à l'abri du
vent : c'est sous les feuilles de mon
amie Ammophile l'herbe des dunes.
Je suis le grain de sable le plus
heureux du monde. Youpi !

Et c'est ainsi que se termine l'odyssée de Cristalo, à la recherche d'un endroit qu'il peut appeler son « chez-moi ».

Eh bien ! Nous de même, nous pouvons être les amis non seulement des dunes de Kouchibouguac, de Richibucto, de Bouctouche, de Néguac, de Tracadie, de Miscou, mais aussi de toutes les autres dunes des provinces Maritimes et d'ailleurs. En protégeant une dune et ses habitants, nous pouvons aider l'herbe des dunes, et les autres plantes qui y poussent à retenir le sable en place avec leurs racines.

Ainsi, les oiseaux, les mollusques et tous les autres animaux qui rendent visite à la dune ou en font leur chez-soi pourront y vivre heureux et en santé. Nous aussi, nous pourrons nous promener joyeusement sur la dune, les cheveux dans le vent et la musique de l'ammophile dans les oreilles.

Pour mieux connaître Nicole Daigle

AmiSoleil, c'est vous ?

AmiSoleil, c'est moi ! Dans certaines de mes présentations, je me déguise en AmiSoleil pour m'aider à mieux communiquer l'information aux « petits-jeunes ». AmiSoleil porte toujours sa grande cape jaune avec plein de surprises dans ses poches multicolores.

Où êtes-vous née et où habitez-vous ?

Je suis née à Saint-Ignace et j'ai grandi à Saint-de-Louis-de-Kent. C'est là où j'ai été à l'école, et j'y habite maintenant avec mon mari Victor. Nous vivons tout près de la rivière Saint-Louis, autrefois appelée Kouchibouguac par le peuple micmac.

Visitez-vous souvent le parc national Kouchibouguac ?

Oh oui! J'habite à quatre kilomètres du parc. Pour moi, le parc national Kouchibouguac est le plus bel endroit au monde. Je vais souvent m'y promener, que ce soit à pied, en bicyclette, en kayak ou en ski de fond. J'y ai travaillé comme interprète de la nature pendant six ans. Maintenant, Victor et moi gérons Kayakouch Inc., une petite compagnie de kayak de mer qui nous permet de partager les merveilles de Kouchibouguac avec les gens de partout.

C'est quoi, votre métier d'interprète de la nature ?

Eh bien, c'est de partager mon amour et mon respect pour la

nature avec tous ceux et celles qui s'y intéressent. J'aime tellement ce travail que j'ai fondé Éco Sun-Soleil, et maintenant, je parcours les écoles qui m'invitent pour y faire des présentations sur des sujets passionnants.

Quel est votre animal préféré ?

Mmmm… ça dépend ! Mon mammifère préféré est le phoque gris, celui que je visite tous les jours l'été en kayak de mer avec les visiteurs. Mon oiseau préféré est la chouette rayée. Mon batracien préféré est la salamandre. J'aime aussi les chauve-souris, les baleines, les historlets, les crabes des roches et les soleils de mer !

Où avez-vous appris tout ce que vous connaissez sur la nature ?

C'est bien certain qu'à l'école et à l'université, j'en ai appris beaucoup. Mais c'est en lisant des livres sur les animaux, les plantes et la nature en général que j'ai approfondi mes connaissances. J'apprends énormément en me promenant dans la nature avec les enfants, car ils trouvent toutes sortes de choses intéressantes.

Allez-vous écrire d'autres livres ?

Certainement ! En fait, *Cristalo sur la dune de Kouchibouguac* fait partie d'une série de présentations que j'offre dans les écoles. Ainsi, très bientôt, j'adapterai ma production de théâtre de marionnettes portant sur les animaux de la forêt, pour en faire mon deuxième livre.